NIVEL
INTRODUCTORIO

LIBRO 5

Para leer al finalizar la Unidad 8
de Español Santillana, Nivel 1

Cuando Mack
conoció a Mac

Rosana Acquaroni

SANTILLANA
ESPAÑOL

La colección LEER EN ESPAÑOL ha sido concebida, creada y diseñada por el Departamento de Idiomas de Santillana Educación S.L.

© 2014, Rosana Acquaroni
© 2014, Santillana USA Publishing Company, Inc.
2023 NW 84th Avenue
Doral, FL 33122, USA
www.santillanausa.com

Cuando Mack conoció a Mac
EAN: 9781622632190

Dirección editorial: Isabel C. Mendoza
Actividades: Lidia Lozano
Edición y coordinación: Aurora Martín de Santa Olalla Sánchez

Dirección de arte: José Crespo
Proyecto gráfico: Carrió/Sánchez/Lacasta
Ilustración de capítulos: Jorge Fabián González
Ilustración de mapa: Jorge Arranz
Jefe de proyecto: Rosa Marín
Jefe de desarrollo de proyecto: Javier Tejeda

Confección y montaje: Atype, S. L.
Corrección: Raquel Seijo
Fotografías: Shutterstock, ARCHIVO SANTILLANA

Grabaciones: Voces de cine

Published in The United States of America
Printed in Colombia by Intergráficas S.A.

20 19 18 17 16   2 3 4 5 6 7 8 9

ÍNDICE

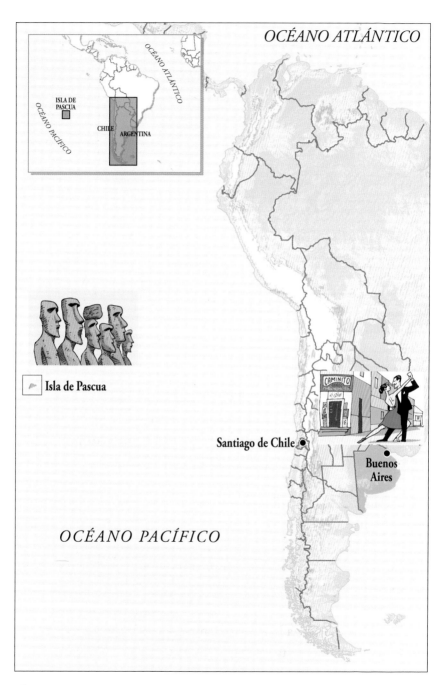

OCÉANO ATLÁNTICO

OCÉANO ATLÁNTICO

ISLA DE PASCUA

OCÉANO PACÍFICO

CHILE   ARGENTINA

Isla de Pascua

Santiago de Chile

Buenos Aires

OCÉANO PACÍFICO

CAPÍTULO I

MACK TAYLOR

Son las dos de la tarde. Un grupo de turistas están llegando[3] en autobús a un bonito hotel de la costa, en la Isla de Pascua.

–Buenas tardes y bienvenidos –repite una empleada a los turistas que entran en el hotel.

–Muchas gracias. Es usted muy simpática. ¿Cómo se llama?

–¿Yo? Aurora Martín –contesta, con voz tímida.

–Yo me llamo Mack. Encantado. Es un día perfecto para pasear por la playa, ¿cierto?

Sí, él es Mack. Mack Taylor: sesenta y dos años, alto, delgado, pelo blanco. Cuerpo atlético. Ropa siempre elegante.

Esta tarde va a cumplir un sueño[4]: visitar los moáis, las famosas estatuas de piedra volcánica de la Isla de Pascua.

Por eso[5] esta mañana Mack viajó en avión desde Santiago de Chile, en América del Sur, hasta la Isla de Pascua, en la Polinesia, para poder ver esas magníficas figuras.

Más de cinco horas y media de avión, ¡solo para hacer una excursión de un día!

Pero Mack es así: espontáneo, atrevido, a veces, y muy gracioso. Una persona mayor, pero llena de vida[6].

Además, se cuida mucho: lleva una dieta saludable y está en forma[7]. A su nieto Tim le gusta mucho jugar con él al tenis. Es increíble, pero su abuelo le gana muchas veces. Por eso su nieto le dice que es un campeón y que va a vivir cien años.

«¡Claro, Tim! –le contesta siempre su abuelo–. ¿No lo sabes[8]? Yo soy de otro planeta y no cumplo años[9]».

Ahora Mack tiene mucho tiempo libre porque ya no trabaja. Por eso siempre está viajando por todo el mundo[10]. El año pasado estuvo en Perú. Visitó la antigua ciudad Inca de Machu Picchu. «Un lugar[11] fabuloso, increíble», le dijo a su nieto cuando volvió.

También fue al desierto de Nazca, en el sur de Lima. Allí hay unos extraños dibujos[12] sobre la tierra que representan personas, animales y figuras geométricas. Solo se pueden ver bien desde el aire porque son enormes.

A Mack le interesan mucho las culturas antiguas, como la Nazca, que existió antes que la cultura Inca. Son civilizaciones fascinantes porque siempre hay muchas preguntas sin respuesta. Muchos misterios sin resolver.

Por ejemplo, los dibujos de Nazca: ¿qué son? ¿Figuras de su calendario astronómico? ¿Pistas de aterrizaje[13] para las naves espaciales[14] de otros planetas?

Y los moáis de la Isla de Pascua, ¿qué son?, ¿qué representan?, ¿cómo los hicieron?

La segunda pasión de Mack es la naturaleza. Le gusta mucho estar en contacto con ella. Descubrir nuevos paisajes; explorar valles, montañas y desiertos. Por eso muchas veces no reserva habitación en ningún hotel. Prefiere hacer cámping para despertarse con los pájaros y dormirse con las estrellas.

Ahora está conociendo Chile: la semana pasada estuvo en el desierto de Atacama, observando el universo con un telescopio. Allí el cielo es muy claro y se pueden ver muchas estrellas.

Después viajó a Isla Negra para visitar la casa museo de Pablo Neruda, Premio Nobel de Literatura en 1971, y su poeta favorito.

«Puedo escribir los versos más tristes esta noche».

Son los primeros versos del Poema XX, del libro *Veinte poemas de amor y una canción*[15] *desesperada.* Este poema es uno de los más universales que escribió el poeta chileno. Mack lo aprendió en la escuela Secundaria.

Para Mack, la poesía es parte de la naturaleza y la naturaleza es parte de la poesía.

Pero el gran sueño de Mack es viajar algún día a la Luna. Ser astronauta y explorar el espacio. Descubrir nuevos mundos. Él sabe que es solo un sueño, pero a veces piensa:

«¡Vamos, Mack!, no seas pesimista. Para un hombre tan joven como tú, ¡nada es imposible!».

Mañana por la tarde, nuestro hombre tiene que estar en Santiago de Chile. Desde allí, va a Buenos Aires. ¡Dos aviones en un día! A Mack no le gusta mucho volar. Prefiere el tren o el autobús. Pero, en esta ocasión, tiene que viajar en avión porque es más rápido[16]. Quiere estar unos días con Tim, en la capital argentina, antes de volver a los Estados Unidos.

Tim es su nieto favorito. Está en Buenos Aires desde el mes pasado para estudiar español y hacer un curso sobre protección del medio ambiente.

Ahora Mack ya tiene la llave[17] de su habitación en la Isla de Pascua.

«La visita a los moáis empieza a las cinco. Pero hay que estar aquí a las cuatro y media. Tienen tiempo para comer algo en el restaurante del hotel y descansar un poco», les explican en la recepción del hotel.

CAPÍTULO II

AHU TONGARIKI

Son las cinco menos diez. El autobús salió del hotel hace veinte minutos. Durante el viaje, un guía les explica algunas cosas interesantes sobre la isla.

«Como saben, la Isla de Pascua está en el océano Pacífico, en la Polinesia, pero es parte de Chile. Es una isla de origen volcánico. Aquí viven los descendientes de la civilización rapanui. Sabemos poco sobre esta antigua cultura. Lo más característico de esta cultura y también de esta isla son los moáis, las enormes estatuas de piedra volcánica que están por toda la isla. Ahora vamos a conocer[2] los moáis de Ahu Tongariki. En este lugar, podemos ver las quince figuras más famosas. Son el símbolo de la Isla de Pascua. Por eso aparecen siempre en todas las fotos».

Todos escuchan la explicación con mucha atención. Todos menos Mack, porque él no va en el autobús con el resto de los turistas. Nuestro hombre ya está en Ahu Tongariki desde las cuatro de la tarde.

Así es Mack: un aventurero. Prefiere ir a pie y caminar un kilómetro para poder estar solo[18] con los moáis y saborear[19] ese momento.

Mack lleva unas buenas botas de montaña porque la isla es muy rocosa y hay que caminar con cuidado. También lleva una botella de agua y una guía turística. Con eso es suficiente.

«Fue una buena idea no traer ni el celular ni la cámara de fotos –piensa Mack–, así puedo vivir esta experiencia sin interrupciones».

Mack está emocionado. Se siente bien allí, al lado de los moáis. Cierra los ojos. La costa está muy cerca y huele a mar. Ahora abre los ojos y observa el paisaje. Es espectacular.

Pero nuestro aventurero ya no está solo...

«Señores, ya estamos en Ahu Tongariki. Pueden ustedes salir del autobús, pero ¡con cuidado! Hay muchas rocas y es difícil caminar».

Mack saluda[20] a algunos compañeros de viaje que conoció esta mañana en la recepción del hotel. Les cuenta su experiencia con los moáis. Ahora está muy cansado y decide volver al hotel con ellos, en el autobús.

Ya son las seis de la tarde; no es la mejor hora para visitar Ahu Tongariki. Hay muchos turistas y, en ese momento, están llegando dos autobuses más y algunos autos.

«¡Cuánta gente! Así no se pueden ver bien los moáis», piensa Mack ya dentro del autobús.

Pero, un momento..., entre la gente, hay un hombre... alto, delgado, pelo blanco. Cuerpo atlético. Ropa elegante...

«¿Quién es ese hombre que está al lado del auto negro? No es posible... Soy... ¡soy yo! Sí, somos iguales», dice Mack, nervioso.

«¿Quién es ese hombre que está al lado del auto negro? No, no es posible... Soy... soy... ¡soy yo! Sí, somos iguales», dice Mack, nervioso.

Así es, ese hombre y Mack son EXACTAMENTE iguales.

CAPÍTULO III

ABUELO, ¿CUÁNDO LLEGASTE?

Son las doce del mediodía[21]. Mack ya está en el aeropuerto de Santiago de Chile, esperando[22] para facturar el equipaje. A la una y media viaja en avión a Buenos Aires.

–Su pasaporte, por favor –le piden en el mostrador.

Pero Mack no lo oye. Está pensando en el hombre que vio en Ahu Tongariki.

–Señor, su pasaporte...
–Sí, sí, ¡claro! Lo siento –contesta Mack.

Mack enseña el pasaporte y factura el equipaje. Después mira el reloj. Ahora son las doce y media. Nuestro hombre mira el reloj cada cinco minutos. Tiene muchas ganas de llegar a Buenos Aires para ver a su nieto. Pero no se siente bien... Le duele un poco la cabeza. Ayer se acostó tarde y no descansó mucho.

«No, no voy a pensar más en aquel hombre. Fue una alucinación. Sí, eso fue. Ayer caminé mucho y con el calor...», piensa Mack.

Está aburrido y tiene hambre. Por eso decide ir a alguna cafetería del aeropuerto para comprar un sándwich. Pero, en ese momento, escucha un sonido. Es su celular. Mack tiene una llamada[23].

—¿Sí?

—¡Hola, abuelo! ¿Qué tal estás?

—¡Tim! ¡Qué sorpresa! Bien, bien..., y tú, ¿cómo estás?, ¿tus clases?

—Todo muy bien, abuelo. Estoy muy contento en Buenos Aires. Pero ¿cuándo llegaste?

—¿Adónde?

—¡A Buenos Aires! ¿Por qué no me llamaste desde el aeropuerto?

—No, no... Estoy todavía[24] en Santiago de Chile. El avión para Buenos Aires sale a la una y media.

—Pero, abuelo... No es posible... Yo te vi esta mañana desde el autobús.

—¿Dónde? —pregunta Mack.

—En la Plaza de Mayo, en el centro de Buenos Aires. Tú me saludaste con la mano...

Mack no lo puede creer. No entiende nada y ahora tiene miedo. Todo es muy misterioso...

«Atención, señores pasajeros del vuelo 320 con destino Buenos Aires...».

—Tim, ahora no puedo hablar. A las tres y media llego a Buenos Aires. Nos vemos en el aeropuerto. Tengo muchas cosas que contarte.

CAPÍTULO IV

GRAN CAFÉ TORTONI

Son las cuatro de la tarde. Mack y Tim están tomando café en una mesa del Gran Café Tortoni, el más antiguo de Buenos Aires. Se abrió en 1858. Está en la Avenida de Mayo, en el centro de la ciudad. Es un lugar elegante y con mucha historia. Dentro hay cuadros[25], poemas y esculturas de algunos artistas famosos que estuvieron allí.

Escritores argentinos tan importantes como Jorge Luis Borges o poetas españoles como Federico García Lorca fueron clientes habituales del Tortoni. También cantantes[26] de tango[27] tan famosos como Carlos Gardel actuaron allí.

Ahora Mack está contándole a Tim su increíble aventura en la Isla de Pascua.

–... y esta es la historia, Tim... ¿Tú qué opinas[28]? Piensas que estoy loco[29], ¿cierto?
–No, abuelo, no. Pero los dos sabemos que es imposible; no hay dos hombres iguales en el mundo. Siempre existe alguna diferencia... Además, no se puede ver bien la cara de una persona desde un autobús... Estás muy lejos para ver todos los detalles.

–Sí, pero tú también lo viste, ¿no? Aquí, en Buenos Aires, en la Plaza de Mayo... Eso me dijiste por teléfono...

–Sí, eso te dije..., pero ahora no lo sé, abuelo...

Mack no lo escucha. No quiere escucharlo.

–¿Somos un hombre o dos? ¿Cuántos somos, Tim? ¿Uno, dos o tres?

–Abuelo... ¡No lo sé! Voy un momento al baño. Ahora vuelvo.

Tim no entiende nada. Está confuso. Ya no sabe contestar a las preguntas de Mack. Su abuelo nunca le habla así, tan enojado. Tim está triste. Piensa que su abuelo ya tiene muchos años. Por eso imagina cosas que no existen.

Tim entra en el baño y se lava la cara con agua fría. Luego, vuelve a la mesa.

–Dime, Tim, ¿cuántos Mack Taylor hay? ¿Uno?, ¿dos?, ¿doscientos? –insiste Mack.

–¡Ay, abuelo! ¡Qué cosas dices! Yo solo conozco a un Mack Taylor y está ahora aquí, a mi lado, tomando café –contesta Tim, enojado.

–Lo siento, Tim. Estoy un poco nervioso.

Tim no le contesta. Los dos están unos minutos sin decir nada.

–Abuelo, ¿por qué no pagamos y vamos a pasear por la ciudad?

–Buena idea. Quiero salir a la calle y respirar un poco de aire puro –dice Mack.

—Sí, pero aquí, en el centro, el aire no es puro... Hay mucho tráfico y mucha contaminación...

Tim piensa en algún lugar especial para llevar[30] a su abuelo.

—Podemos ir a los Bosques de Palermo. Allí el aire es muy limpio.

—¿Un bosque en el centro de Buenos Aires?

—No, no es un bosque, abuelo. Es un parque impresionante, con muchos árboles y plantas. ¡Ah! y tiene lagos con peces. Lo llaman también Parque 3 de Febrero.

—Buena idea —dice Mack.

—Después te voy a llevar a La Boca. Es un barrio[1] muy popular y colorido. Te va a gustar, abuelo. Además, allí está La Bombonera, el estadio del Club Atlético Boc...

—¡Sí, claro! —lo interrumpe Mack— Boca Juniors. Uno de los equipos de fútbol más importantes del mundo.

CAPÍTULO V

EL BARRIO DE LA BOCA

Son las siete y media. Mack y Tim ya están paseando por el barrio de La Boca. No hace ni frío ni calor: una temperatura ideal para caminar. Los dos están muy contentos.

–¡Mira, Tim! ¡Allí está! La Bombonera. ¡Es impresionante!
–¿Entramos?
–¡Claro! –contesta Mack.
–Pero yo pago los boletos[31] –dice su nieto, muy serio.
–Bien. Tú pagas los boletos, pero luego yo te invito a cenar. ¿Conoces algún buen restaurante en este barrio?

El abuelo sabe que Tim es estudiante y no puede gastar mucho dinero.

Delante de una de las puertas del estadio hay un hombre alto y atlético. ¡Tiene la espalda más ancha que un armario!

–Hola, buenas tardes –lo saluda Tim.
–Buenas tardes –contesta el hombre armario.
–¿Me puede decir dónde se compran los boletos para visitar el estadio?

–Lo siento, pero no se puede entrar. Ya está cerrado. Las visitas son hasta las seis de la tarde.

Después, los mira muy serio y cierra la puerta.

–¡Qué hombre tan antipático! –comenta Tim.
–¿Qué hacemos ahora, Tim? ¿Adónde vamos?
–Podemos ir a Caminito.
–¿Qué es? –pregunta su abuelo, curioso.
–Es una calle muy especial del barrio de La Boca. Inspiró la música del famoso tango «Caminito».
–¡Sí, claro! Yo conozco ese tango. Dice así:

(...)
Desde que se fue
triste vivo yo,
caminito amigo,
yo también me voy.

Ese es Mack: un hombre espontáneo.

♪ ♪ ♪

Nuestros amigos ya están en Caminito. Es una calle muy original: allí no hay dos casas iguales. Todas son especiales.

Las personas que viven allí las pintan de diferentes colores: rojas, azules, amarillas…

–Señores, ¿quieren ver el mejor show *de tango de la ciudad?* –*les pregunta a todos los turistas*–. *Aquí tienen toda la información.*

El sol de la tarde juega entre las hojas de los árboles y entra por las ventanas de las casas.

–Mira, Tim. Una pareja[32] bailando un tango. Vamos a verla.

–Bailan muy bien –comenta Mack.

–Sí, son profesionales. Actúan para los turistas. En Caminito es muy típico ver a muchos artistas trabajando en la calle: pintores, músicos...

–¿Cómo se llama ese instrumento? –le pregunta su abuelo.

–Bandoneón[33], abuelo.

–Me gusta porque es como un pequeño acordeón... –comenta Mack.

En ese momento, llega un chico con muchos papeles en la mano.

–Señores, ¿quieren ver el mejor *show* de tango de la ciudad? –les pregunta a todos los turistas que están allí, mirando–. Aquí tienen toda la información.

–Gracias... –dice Mack.

Pero Mack no lee el papel. Se lo mete[34] en el bolsillo[35] de los pantalones. Está emocionado, mirando y escuchando a los artistas en la calle.

CAPÍTULO VI

MAC TAYLOR

Mack ya está en el hotel. La cena con su nieto estuvo muy bien. Comieron en un restaurante típico argentino, cerca de la casa de Tim. A Mack le gustó mucho la carne. En Argentina es muy buena y, además, la hacen muy bien.

Después, fue a la casa de Tim para conocer a la familia argentina con la que vive su nieto.

Luego, volvió al hotel. Ahora se está poniendo[36] el pijama. Pero, antes de acostarse, quiere ordenar un poco la ropa.

«Los pantalones de hoy están limpios. Me los puedo poner mañana, pero… ¿qué hay aquí, en el bolsillo?», piensa Mack.

Es el papel de Caminito. Ahora Mack lo lee con atención.

Desde 1969
CENA - DINER TANGO SHOW

Este sábado, 6 de febrero, a las 22:00 h

Mac Taylor y su orquesta

Reservas: (54 11) 4855-4684

Calle Balcarce, 799, Buenos Aires

Mack no puede creerlo. ¿Cómo es posible? ¡Un cantante de tango con ese nombre! Con SU nombre... (menos una letra).

«Tengo que llamar inmediatamente a Tim y contárselo todo», piensa Mack.

~ ~ ~

–Tranquilo[37], abuelo. Dame el número de teléfono del Viejo Almacén. Ahora llamo y reservo una mesa para mañana por la noche. Tenemos que resolver este misterio.
–Sí, pero, antes... ¿tienes la computadora?
–Sí, claro.
–Busca[38] una foto de ese «Mac Taylor» en Internet.
–Pero abuelo...
–Por favor, Tim –le pide Mack.

Silencio.

–¿Ya la tienes?

–Sí…

–¿Cómo es?

–Es alto, delgado, pelo blanco. Cuerpo atlético. Ropa elegante… Igual que tú, abuelo. IGUAL.

CAPÍTULO VII

MACK LLAMANDO A MAC

Mack se acuesta y apaga la luz. Está cansado, muy cansado. Solo quiere dormir. Dormir y no pensar más. Cierra los ojos. Fuera, en la calle, está lloviendo. Mack oye la lluvia sobre la ventana: tac, tac, tac, *tic, tic, bip, bip, bip...*

—*Bip-bip-bip, Mack Taylor llamando a Mac.*
—*Aquí Mac. ¿Qué tal? ¿Qué haces tú por aquí?*
—*Nada... bip-bip. ¿Hoy es lunes?*
—*Sí.*
—*Los lunes paseo por la Luna y los martes camino por Marte y los...*
—*¡Impresionante!*
—*Bip-bip-bi... Mira, Mac-Mac-Mac.*
—*¿Qué?*
—*...que tú y yo somos iguales, ¿no lo ves?*
—*Mack, no hay dos astronautas iguales en el universo. Siempre existe alguna di-di-diferencia... Ya lo sabes.*
—*Sí, Mac, pero yo no soy un astronauta...*
—*¿Qué eres?*
—*Soy un moái del espacio. Un hombre de otro planeta y ya no cumplo años.*

Son las nueve de la mañana. Mack abre los ojos, mira el reloj y apaga la alarma.

«¡Qué sueño más extraño[39]!», piensa.

Hoy es un día muy importante para él. Esta noche va a conocer a Mac Taylor y va a resolver todos los misterios.

CAPÍTULO VIII

CUANDO MACK CONOCE A MAC

Son las doce y media de la noche. El *show* de tango del Viejo Almacén ya terminó. A Tim y a Mack les gustó mucho. Mac Taylor es un gran cantante y su orquesta es extraordinaria. Ahora Mack y Tim están en la puerta de su camerino[40]. Están muy nerviosos porque, dentro de unos minutos, van a poder hablar con Mac.

–¿Se puede? –pregunta Tim, tímidamente.
–¡Adelante! –contesta Mac desde dentro.
–Tim, entra tú primero –le pide Mack a su nieto.

–Buenas noches, soy Tim...
–Encantado –contesta Mac, el hombre misterioso.
–...y este es mi abuelo Mack, Mack Taylor.

Su abuelo entra ahora en el camerino. Mac lo mira y abre mucho los ojos porque no lo puede creer.

–Buenas noches, Mac –le dice Mack.

Mac quiere contestar, pero no puede.

–Bue...

–¿Qué le pasa? ¿Se siente mal? –le pregunta Tim.

Mac está pálido[41].

–Por favor, un vaso de agua. Tengo la garganta seca.

Mac bebe agua. Ahora está mejor y puede hablar un poco.

–¡Es impresionante! Usted y yo... somos iguales.
–Sí. Además, nos llamamos casi igual[42]... –le dice el abuelo de Tim.
–No, yo no me llamo Mac Taylor.
–¿Ah, no?
–No. Me llamo Miguel Torres. Mac Taylor es mi nombre artístico –le explica Mac.
–Y ¿por qué un nombre en inglés? –le pregunta Tim.
–Por Mac Taylor, el detective de mi serie de televisión favorita, CSI New York. Además, yo viví muchos años en los Estados Unidos y me gusta mucho su país.
–¿Dónde vivió? ¿En Nueva York?
–Sí. Allí conocí a mi esposa. Pero, después del accidente, volví a Buenos Aires.
–¿Tuvo un accidente? –pregunta Mack.
–Sí... fue terrible. Mi esposa...
–¿Qué le pasó? –le pregunta Tim.
–¡No seas tan curioso, Tim! –le dice su abuelo.
–Se fue para siempre –contesta Mac, emocionado y triste.

Silencio.

–Yo también estuve muy mal. Tuvieron que operarme muchas veces: la nariz, la boca... toda la cara –explica Mac.

«¡Ahora lo entiendo! Mac y yo no fuimos siempre iguales», piensa Mack.

Pero el abuelo de Tim quiere descubrir todo el misterio.

–Una pregunta más: ¿estuvo usted el jueves pasado en la Isla de Pascua?
–Sí... Fui con Salvador, un amigo chileno que tiene una casa allí. Me invitó y...
–Y visitó Ahu Tongariki el jueves por la mañana –dice Mack.
–¡Sí! ¿Cómo lo sabe?
–¿A qué hora, exactamente?
–¡Ay, abuelo! Ahora eres como el detective Mac Taylor de CSI...
–¡Es cierto! ¿Adónde quiere llegar con sus preguntas? –comenta Mac.
–Mac, por favor, conteste. Su respuesta es muy importante para mí.

Silencio.

–Salvador y yo llegamos a Ahu Tongariki a las seis de la tarde, aproximadamente.
–Y ¿fueron allí en un auto negro?
–Sí. Es el auto de Salvador. Pero ¿por qué me hacen todas estas preguntas? –quiere saber Mac.
–Porque mi abuelo también estuvo en Ahu Tongariki ese día y a esa hora.
–Ya entiendo... Me viste allí y tuviste miedo, ¿no, Mack? Como yo lo tuve antes –dice Mac.

–Y ¿cuándo volvió a Buenos Aires? –le pregunta ahora Tim.

–Tengo una idea mejor: ¿por qué no nos tomamos todos una foto con la orquesta y los artistas? –dice Mac.

–El jueves por la noche, en un avión privado, desde la Isla de Pascua. ¿Por qué?

–Porque yo también lo vi, desde el autobús, el viernes pasado, a las ocho y media de la mañana, en la Plaza de Mayo.

–Sí, es posible. Todas las mañanas, voy a caminar por el centro, cerca de la Plaza de Mayo.

Ahora Mack y Tim pueden descansar. Ya no hay ningún misterio. Ahora pueden hablar con Miguel Torres de música y de tango. Del Boca Juniors y de Caminito.

–Tim, por favor, ¿puedes tomarnos una foto a Mac y a mí? –le pide el abuelo.

–Tengo una idea mejor: ¿por qué no nos tomamos todos una foto con la orquesta y los artistas? –dice Mac.

–¡Perfecto! –contesta Tim.

Mac llama a los músicos y a los artistas.

–Mac...

–¿Sí, Mack?

–Algún día podemos cantar un tango entre los dos... Por ejemplo, «Caminito».

ACTIVIDADES

Antes de leer

1. **Contesta.** Answer the following questions.

   a. ¿Te gusta viajar? ¿Qué países conoces?

   b. ¿Conoces el nombre de estos lugares que aparecen en esta lectura? ¿Qué se puede visitar en ellos?

   A   B   C

2. **Decide.** Read the title of the story. What do you think it means? Decide which sentence best explains its meaning.

   a. Hay un hombre que se llama Mack que conoce a otro que también se llama Mack.

   b. Hay un hombre que se llama Mack que conoce a otro que también se llama Mac.

   c. Hay un hombre que se llama Mac que conoce a otro que también se llama Mac.

   d. Otra interpretación: _____.

3. **Relaciona.** Match the words in the left column with the sentences on the right.

1. Isla de Pascua   a. Instrumento parecido a un acordeón pequeño que se utiliza en los tangos.

2. Tango   b. Tipo de música y baile que tiene su origen en los barrios populares de Buenos Aires.

3. Rapanuis   c Estadio del Club Atlético Boca Juniors.

4. Bandoneón   d. Famoso escritor chileno.

5. Pablo Neruda   e. Isla chilena situada en el océano Pacífico, en la Polinesia.

6. La Bombonera   f. Nombre que reciben los primeros habitantes de Isla de Pascua.

Durante la lectura

Capítulo I

4. **1 Escucha y decide.** Are these statements true (*cierto*) or false (*falso*)?

a. Son las dos de la tarde y Mack está visitando los moáis.

b. Mack dice que él es de otro planeta y por eso no cumple años.

c. Mack va a viajar a Perú: irá a Machu Picchu y también al desierto de Nazca.

d. Mack quiere ir a Buenos Aires a ver a su nieto Tim.

5. **Escribe.** Write a short paragraph about Mack Taylor. These points may help you.

Cómo es físicamente – Personalidad – Intereses – Dónde está ahora – Dónde estuvo el año pasado – Dónde estuvo la semana pasada – Qué va a hacer mañana

6. **Decide.** Decide which illustration looks most like the description of Mack Taylor.

A   B

C

Capítulo II

7. **②** **Escucha y elige.** Choose the answer that best completes each statement.

1. Son las cinco menos diez y Mack está…
    a. en el hotel. Está esperando el autobús a Ahu Tongariki.
    b. en el autobús. Escucha información sobre la Isla de Pascua.
    c. en Ahu Tongariki. Llegó allí a las 4.

2. La guía del autobús explica a los turistas que…
    a. van a visitar unos volcanes.
    b. no hay mucha información sobre la cultura rapanui.
    c. ella tiene muchas fotos de las estatuas de piedra.

3. Los turistas caminan con cuidado por Ahu Tongariki porque…
    a. hay muchas rocas.
    b. hay muchos turistas.
    c. hay muchos autobuses y autos.

4. Mack está cansado...

    a. y decide dormir en Ahu Tongariki.

    b. y quiere ir al hotel con sus compañeros.

    c. pero es buena hora para ver más estatuas en Ahu Tongariki.

8. **Describe.** Look at the illustration on page 11 and write a short description.

9. **Reflexiona y elige.** Think about the story. What might happen now? Choose the possible options.

    a. Mack y los turistas van al hotel para desayunar.

    b. Mack habla con el turista alto, delgado y de pelo blanco.

    c. El señor alto, delgado y de pelo blanco es el padre de Mack.

    d. El señor alto, delgado y de pelo blanco es el hermano de Mack.

    e. Mack explica a su nieto el misterio del señor alto, delgado y de pelo blanco.

    f. Mack y su nieto van a cenar a un restaurante chileno famoso.

Capítulo III

10. **③ Escucha y decide.** Are these statements true (*cierto*) or false (*falso*)?

    a. Mañana Mack viaja de Chile a Argentina sin equipaje.

    b. En el aeropuerto, Mack piensa en el turista que vio ayer.

    c. En la cafetería, Mack come un sándwich y habla con Tim.

    d. Es la una y media. Mack no puede hablar porque no tiene celular.

    e. Mack va a llegar a la capital argentina a las tres y media.

11. **Contesta.** Re-read the title. Who asks this question? Why?

12. **Lee y ordena.** The words in bold below are scrambled. Unscramble them to complete the paragraph.

Mack habla con su **entio** Tim y ahora está un poco **risonove**. No sabe quién es el turista que vio en Ahu Tongariki, un hombre **talo**, delgado, elegante. ¡Ese hombre y Mack son exactamente **ulgiaes**! Tim no entiende nada. Él vio a su abuelo en la **laPaz** de Mayo esta mañana, pero Mack dice que todavía está en Chile.

13. **Investiga.** Look up information about the Plaza de Mayo and decide which photo shows this plaza. Are you familiar with the other two places?

A  B

C

Capítulo IV

14. **④ Escucha y escribe.** Write the questions that accompany each of the following responses.

    a. En el Gran Café Tortoni.
    b. Su aventura en la Isla de Pascua.
    c. Porque allí el aire es más limpio.
    d. Es un barrio muy popular y colorido de Buenos Aires.

15. **Escribe.** Write a short summary of the chapter. These points may help you.

    Quiénes aparecen en este capítulo – Dónde están – Qué hacen – Por qué está Mack tan nervioso – Adónde van

16a. **Contesta.** Where do Mack and his grandson have a cup of coffee?

16b. **Investiga y completa.** Look up information online about this café and complete the text below.

    Este café está en el número 825 de la _____, en la ciudad de _____. Es muy famoso y elegante. Tiene más de _____ años. Hoy muchos turistas _____ este céntrico café argentino.

17. **Ordena.** Before continuing, review what happened in the first four chapters: put these sentences in order according to the story.

    a. Después, Mack viajó a Buenos Aires para visitar a Tim.
    b. Ahora los dos están nerviosos y quieren ir a pasear.
    c. Allí vio las famosas estatuas de piedra, los moáis.
    d. Después vio a un hombre alto, delgado, elegante… Exactamente igual que él.
    e. Mack viajó a la Isla de Pascua.
    f. En el Gran Café Tortoni, Mack le cuenta a Tim el misterio de la Isla de Pascua: vio a un hombre igual que él.

Capítulo V

18. **5 Escucha y elige.** Choose which of the following sentences best summarizes chapter V.

   a. Mack y Tim van a La Bombonera y visitan el famoso estadio del Club Atlético Boca Juniors. Luego van a bailar un tango a Caminito y un chico les cuenta que pueden ir a ver el mejor *show* de tango de la ciudad.

   b. Mack y Tim pasean por el barrio de La Boca. Luego, en Caminito, ven a una pareja bailando un tango. En ese momento, llega un chico y les da un papel con información sobre el mejor *show* de tango de la ciudad. Mack y Tim deciden ir con este chico a ver el *show*.

   c. Mack y Tim pasean por el barrio de La Boca. Luego, en Caminito, ven a una pareja bailando un tango. En ese momento, llega un chico y les da un papel con información sobre el mejor *show* de tango de la ciudad. Mack se mete este papel en el bolsillo del pantalón.

19. **Escribe.** Look at the illustration on page 20 and write a short description.

20. **Piensa.** What do you think might happen in the next chapter?

Capítulo VI

21. **6 Escucha y une.** Match each phrase with the appropriate sentence ending.

1. Mack y su nieto cenan juntos…
2. Después van al apartamento de Tim para conocer…
3. En el hotel, Mack lee el papel que tenía en el bolsillo del pantalón…
4. Mack habla con su nieto…

a. y deciden ir al Viejo Almacén para resolver el misterio.
b. a la familia argentina de Tim.
c. en un restaurante argentino muy bueno.
d. y ve el nombre Mac Taylor, un artista.

22. Contesta. Answer the following questions.

    a. ¿Por qué se va a poner Mack mañana los pantalones de hoy?
    b. ¿Por qué tiene Mack ese papel en el bolsillo del pantalón?
    c. ¿Por qué no lo leyó antes?

23. Decide. Are these statements true (*cierto*) or false (*falso*)?

    a. Tim y Mack son vegetarianos: solo comen fruta y verduras.
    b. La familia argentina de Tim no habla español.
    c. Antes de acostarse, Mack lee el papel que tiene en el bolsillo del pantalón.
    d. Mack no viaja con su celular y su computadora.
    e. El nombre del cantante de tango es exactamente igual que el de Mack Taylor.

Capítulo VII

24. ⑦ Escucha y contesta. Select the questions that are logical according to the story and answer them.

    a. ¿Por qué tiene ese sueño Mack?
    b. ¿Qué es Mack en el sueño?
    c. ¿A quién conoce Mack en la calle?

25. Ordena. Unscramble these words that appear in Chapter VII.

    a. VALULI:_____   d. TARUTAONSA:_____
    b. NULA:_____   e. AOSEPIC:_____
    c. RATEM:_____   f. TEPALAN:_____

26. Piensa. How do you think the story will end?

Capítulo VIII

27. **8** **Escucha y contesta.** Listen to the chapter and answer the questions.

a. ¿Cuándo hablan Mack, su nieto y Mac?

b. ¿Por qué Miguel Torres eligió el nombre de Mac Taylor como nombre artístico?

c. ¿Por qué Mack y Mac no siempre fueron iguales?

28. **Relaciona.** Match the sentences in the left column with the words on the right.

1. Allí Mac puede vestirse para el *show*. a. Salvador
2. Profesión de un personaje de una serie que ve Mac. b. avión privado
3. Tiene un auto negro. c. orquesta
4. Grupo de músicos. d. camerino
5. Nombre que no es real. e. Mac Taylor
6. Mac usa este transporte para viajar de la Isla de Pascua a Buenos Aires. f. detective

29. **Investiga y completa.** Look up information online about el Viejo Almacén and complete the paragraph.

El Viejo Almacén está en el número 799 de la _____, en el _____ de San Telmo de la ciudad de Buenos Aires. Es el lugar más tradicional para ver, oír y bailar _____. También se puede _____: tiene la mejor _____del mundo. Si vas a ir, es mejor hacer una _____ antes.

Después de leer

30. **Ordena.** One of the following illustrations does not belong to the story. Find it and put the other three in order.

A

B

C

D

31. **Corrige y completa.** In the following summary, there are six incorrect words. Substitute these words with their antonyms so that the summary makes sense according to the story.

Mack es un turista de Estados Unidos que está viajando por Latinoamérica. Es joven, espontáneo y muy activo. En Chile visita la Isla de Pascua, un lugar muy feo en la Polinesia. Allí Mack ve a un turista bajo, atlético y elegante como él… ¡exactamente igual! Después Mack viaja a

Buenos Aires, Argentina. En este país visita a su nieto Tim y le cuenta la historia del hombre misterioso. Los dos están muy tranquilos con esta historia. Luego deciden ir a dar un paseo. Van a La Bombonera y allí conocen a un señor muy simpático. Después llegan a Caminito y ven a una pareja bailando tango en la calle. En el Viejo Almacén, el abuelo y su nieto resuelven el misterio de Mac, el hombre que es diferente a Mack.

32. **Escribe.** Do you remember the names of the places that Mack visited? Write the name that corresponds to each photo.

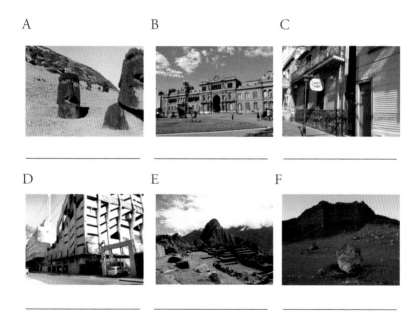

A   B   C

_____   _____   _____

D   E   F

_____   _____   _____

33. **Investiga y relaciona.** Match each dance with the correct country.

    1. tango   a. Colombia

    2. merengue   b. República Dominicana

    3. cumbia   c. España

    4. flamenco   d. Chile

    5. cueca   e. Argentina

SOLUCIONES

1b. A. Isla de Pascua. Se pueden visitar los moáis.
    B. Nazca. Se puede visitar el desierto y los dibujos sobre la tierra de personas, animales y figuras geométricas.
    C. Buenos Aires. Se puede visitar el barrio de La Boca, Caminito, La Bombonera, la Plaza de Mayo, el Gran Café Tortoni…

2. b.

3. 1-e, 2-b, 3-f, 4-a, 5-d, 6-c.

4. a. falso, b. cierto, c. falso, d. cierto.

5. Modelo de descripción
Mack Taylor es alto, delgado y tiene el pelo blanco. Es espontáneo, atrevido, gracioso y lleno de vida. Le gusta viajar, la naturaleza, las culturas antiguas. Ahora está en la Isla de Pascua. El año pasado estuvo en Perú. La semana pasada estuvo en el desierto de Atacama y en Isla Negra, en Chile. Mañana viaja a Buenos Aires para ver a su nieto Tim.

6. C.

7. 1-c, 2-b, 3-a, 4-b.

8. Modelo de descripción
Mack está en el autobús. Ve los quince moáis de Ahu Tongariki y el mar. También ve a muchos turistas y a un hombre: Mack y él son exactamente iguales.

10. a. falso, b. cierto, c. falso, d. falso, e. cierto.

11. Esta es una pregunta de Tim. Tim hace esta pregunta a su abuelo porque dice que lo vio en Buenos Aires, en la Plaza de Mayo.

12. Mack habla con su **NIETO** Tim y ahora está un poco **NERVIOSO**. No sabe quién es el turista que vio en Ahu Tongariki, un hombre **ALTO** delgado, elegante. ¡Ese hombre y Mack son exactamente **IGUALES** Tim no entiende nada. Él vio a su abuelo en la **PLAZA** de Mayo esta mañana, pero Mack dice que todavía está en Chile.

13. La foto A es la Plaza de Mayo. La B es el Zócalo, la plaza principal de la Ciudad de México. La foto C es la Puerta del Sol, en Madrid.

14. a. ¿Dónde están Mack y su nieto?
    b. ¿Qué le está contando Mack a Tim?
    c. ¿Por qué quiere ir Tim a los Bosques de Palermo?
    d. ¿Qué es La Boca?

15. Modelo de resumen
    Mack y su nieto Tim están en el Gran Café Tortoni. Mack le cuenta a su nieto el misterio de la Isla de Pascua: vio a un hombre exactamente igual que él. Mack está nervioso porque Tim también vio un hombre igual que él en la Plaza de Mayo. Deciden salir a dar un paseo para respirar aire puro.

16a. En el Gran Café Tortoni.

16b. Este café está en el número 825 de la **AVENIDA DE MAYO**, en la ciudad de **BUENOS AIRES**. Es muy famoso y elegante. Tiene más de **150** años. Hoy muchos turistas **VISITAN** este céntrico café argentino.

17. e, c, d, a, f, b.

18. c.

19. Modelo de descripción
Tim y Mack están en el barrio de La Boca. Hay muchas casas de colores, todas son diferentes. El abuelo y su nieto están viendo a una pareja bailando tango. Un chico le da un papel a Mack. Mack se lo mete en el bolsillo sin mirarlo.

21. 1-c, 2-b, 3-d, 4-a.

22. a. Porque están limpios.
b. Porque un chico le dio ese papel en Caminito.
c. Porque se lo metió en el bolsillo.

23. a. falso, b. falso, c. cierto, d. cierto, e. falso.

24. a. Porque va a conocer a Mac Taylor y está nervioso.
b. Un moái del espacio, un hombre de otro planeta.

25. a. LLUVIA   d. ASTRONAUTA
b. LUNA   e. ESPACIO
c. MARTE   f. PLANETA

27. a. Después del *show* de tango.
b. Por el detective Mac Taylor de la serie CSI New York.
c. Porque Mac tuvo un accidente y tuvieron que operarle la cara.

28. 1-d, 2-f, 3-a, 4-c, 5-e, 6-b.

29. El Viejo Almacén está en el número 799 de la CALLE BALCARCE, en el BARRIO de San Telmo de la ciudad de Buenos Aires. Es el lugar más tradicional para ver, oír y bailar TANGO. También se puede CENAR: tiene la mejor CARNE del mundo. Si vas a ir, es mejor hacer una RESERVA antes.

30. La ilustración B no es de esta historia. El orden correcto es D, C, A.

31. Mack es un turista de Estados Unidos que está viajando por Latinoamérica. Es MAYOR, espontáneo y muy activo. En Chile, visita la Isla de Pascua, un lugar muy BONITO en la Polinesia. Allí Mack ve a un turista ALTO, atlético y elegante como él... ¡exactamente igual! Después Mack viaja a Buenos Aires, Argentina. En este país visita a su nieto Tim y le cuenta la historia del hombre misterioso. Los dos están muy NERVIOSOS con esta historia. Luego deciden ir a dar un paseo. Van a La Bombonera y allí conocen a un señor muy ANTIPÁTICO. Después llegan a Caminito y ven a una pareja bailando tango en la calle. En el Viejo Almacén, el abuelo y su nieto resuelven el misterio de Mac, el hombre que es IGUAL a Mack.

32. A. Isla de Pascua   B. Plaza de Mayo   C. La Boca

D. La Bombonera   E. Machu Picchu   E. Desierto de Atacama

33. 1-e, 2-b, 3-a, 4-c, 5-d.

VOCABULARIO

1.	barrio	neighborhood
2.	conoce (*inf.* conocer)	(he) meets
3.	llegando (*inf.* llegar)	arriving
4.	cumplir un sueño	fulfill a dream
5.	por eso	for that reason
6.	llena de vida	full of life
7.	está en forma (*inf.* estar en forma)	(he) is in shape
8.	sabes (*inf.* saber)	(you) know
9.	no cumplo años (*inf.* cumplir)	I don't get older
10.	mundo	world
11.	lugar	place
12.	dibujos	drawings
13.	pistas de aterrizaje	landing strips
14.	naves espaciales	spaceships
15.	canción	song
16.	rápido	fast
17.	llave	key
18.	solo	alone
19.	saborear	savor
20.	saluda (*inf.* saludar)	(he) greets
21.	mediodía	noon
22.	esperando (*inf.* esperar)	waiting
23.	llamada	call
24.	todavía	still
25.	cuadros	paintings
26.	cantantes	singers
27.	tango: A dance typical of Argentina known for its dramatic movements and music.	

28.	opinas (*inf.* opinar)	(you) think
29.	loco	crazy
30.	llevar	to take
31.	boletos	tickets
32.	pareja	couple
33.	bandoneón	Argentinian accordion
34.	mete (*inf.* meter)	(he) puts
35.	bolsillo	pocket
36.	poniendo (*inf.* poner)	putting on
37.	tranquilo	calm (down)
38.	busca (*inf.* buscar)	look up
39.	sueño	dream
40.	camerino	dressing room
41.	pálido	pale
42.	casi igual	almost the same